Reimer Bull

Lange Nachten ünner de Sünn

Quickborn-Verlag

Die plattdeutsche Schreibweise des Autors
wurde unverändert übernommen.

ISBN 978-3-87651-378-2

Umschlaggestaltung und Foto: Günter Pump, Nordhastedt
Gesamtherstellung: CPI – Clausen & Bosse GmbH, Leck
Der Umwelt zuliebe
auf chlorfrei gebleichtem Papier gedruckt
Printed in Germany

Der Krug geht zum Brunnen,
um nicht an seiner Leere zu zerbrechen.
(Botho Strauss)

Stimmt, denkt Lauritz Thomsen,
aver wo steiht he, de Brunnen?
Un Lauritz maakt sik op den Weg.

1

Ik vertell vun Lauritz Thomsen, vertell vun Ilse un dat halve Hart, vertell vun den Dag, an den Lauritz oolt worrn is. Vertell vun de Lofoten, Inseln baven in Norwegen, wohin he utbüxt is, wull de Knüttens in sien Leven oppulen, – wat he tohuus nich hinkriggt, Telefon, Fernsehn, de olen Kollegen, jümmer wat loos, wat em de Roh un dat Nadenken stöört.

Lauritz is 73, siet acht Johr pensioneert, is Philosophielehrer an de Hoochschool ween un will weten: Wat weer, wat blifft, wat is verschütt gahn? Wat schall noch kamen? Wat is oolt? Is he oolt?

Is he oolt worrn an den Dag, as he vör Erich sien Bökerladen steiht, kickt in de Utlagen, un kickt em miteens en olen Mann an, witte Hoor, griesen Boort, un Lauritz verfehrt sik, denkt, wokeen is dat, he kennt em – un is dat sülm. Kickt sik ut den Spegel achter't Schaufinster an.

Steiht an Avend in sien Goorn, hööрt de Vagels, süht de Kreihen, se laat sik as jeedeen Avend op jümmer densülvigen Boom daal un sünd jünger as he. Süht de Dannen, de Barken in sien Goorn, hett ehr plant, as he introcken is, vör lange Johren, un sünd doch jünger as he. Sülm de Wulken över em sünd jünger as he. Un Lauritz weet, he is oolt worrn un hett dat nich markt.

He bekickt sik de Lüüd in de Straten, in sien Spoorkass, dor kummt he eenmal de Week siet över veerdig Johr, de ool Lüders weg, Kuhlmann weg, Fruu Ledwig weg, hett dat nich mitkregen, se sünd weg, woso ok nich, ehr Tiet weer aflopen, aver he, Lauritz, he weer je noch merrn in't Leven.

Un steiht nu dor in sien Goorn, süht de Vagels, de Bööm, de Wulken, denkt an de Lüüd in de Spoorkass un weet, de Welt is in anner Hannen övergahn, un he hett dat nich mitkregen, un wat warrt nu ut em.

Ik bün Lauritz, pack mien Kuffers, verstau ehr in mien Auto un fohr rop na de Lofoten. Un allens kummt anners, as ik mi dat dacht heff.

2

Eenmal to lang na de Sünn keken, den Felsbrocken vör't Auto nich sehn, un ik lieg in't Krankenhuus, knapp acht Daag, dat ik hier bün. Dat linke Been broken, twee Halswirbels stuucht, de Rippen un de Wagen ramponeert. Un dat allens baven op de Lofoten, Klock Middernacht, un de Sünn stunn övern Horizont.

Dree, veer Weken, seggt de Dokter, ehrer kaam ik hier nich rut. Harr ok scheev gahn un vörbi ween kunnt, seggt he. Wenn't vörbi ween weer, harr ik dat nich mitkregen. Dat is ok wat weert.

Ik heff en Stuuv för mi alleen. Gottdank kummt de ool Pinto mi besöken. He is jüst so oolt as ik un Fründ an mi. Sien Vadder weer Italiener, hett in Hamborg sien Arbeid hatt un dor en düütsch Fruu heiraadt. Pinto is in Hamborg groot worrn. Sien Fruu Marie is ut de Flensborger Eck. Beid sünd se vör veerdig Johr hierherkamen, hebbt een Saison blieven wullt un sünd bleven, se hebbt sik in de Lofoten verkeken. Eerstan hett Pinto as Kellner arbeidt, later hett he en egen Café opmaakt. Dat hett he jümmer noch.

Wat reist du mit dien 73 Johren ok noch alleen dörch de Welt, schimpt Pinto. Wo is dien Fruu?
De hett sik vun mi scheden laten.
De ok? Dat is nu al de tweete. Wat hest du mit ehr opstellt?
Ditmal nix, se wull lever wedder alleen leven.
Dat harr ik di glieks seggen kunnt, seggt

Pinto. Mi hett se vun Anfang an nich gefullen.
Mi an un för sik ok nich, anter ik, aver laat uns vun wat anners snacken. Ik heff Koppweh, du kunnst mi mien Medikamentenkuffer ut mien Hütt holen, denn mutt ik hier nich jümmer eerst fragen.
Maak ik, seggt Pinto un geiht.

3

De Nachten sünd lang.
De Jalousie lett den Sünnschien dörch.
Ik krieg den Slaap nich faat.
De Swester will mi en Ogenbinn besorgen.
Ik schall slapen, seggt se.
Ik will Tabletten gegen de Wehdaag hebben.
Dat dörvt se nich, seggt se.
Denn schall se den Dokter holen.
De kummt un meent, beter is, ik mark, wenn ik verkehrt lieg.
Also keen Tabletten.

Ik töòv op mien egen Medikamentenkuffer.
De Swester kummt mit de Ogenbinn.

4

As ik Pinto kennenlehrt heff, weer he Kellner in de Börsenspiseri. Dat is dörtig Johr her. Jeedeen Avend bün ik bi em kamen, un he sorg dorför, dat ik jümmer densülvigen Disch kreeg an't Finster mit Blick över den Kutterhaven un achter de Fischkutters de Kark.

Nu, wenn en dor an den Disch sitt, is vun den Blick nich mehr veel to sehn. De Kutters sünd weg, de holten Kai, wo se anleggt hebbt, is weg. De Fruuns, de na Fisch anstaht, sünd weg. De Fischers, de ehr de Fisch slacht, in Papier wickelt un vun' Kutter na'n Kai hoochlangt, sünd weg. De lütten Warkstäden langs den Kai, Holthüüs, se sünd all weg un mit ehr dat Hamern, Bohren un Klütern, dat Ropen, Flöken, Lachen. Allens weg. Un is ut allens dat en Promenaad worrn mit Appertementhüüs, Restaurants, Cafés, latte machiato un coffee to go. Keeneen vun de, de dor hüüt loopt, weet, wat för en Leven maal ünner ehr Fööt legen hett.

Mi fehlt dat. De olen Biller gaht mi verloren. Pinto worr seggen, vun ole Daag un ole Biller lett sik nich leven. Pinto hett sien lütt Café, dat höllt em in de Gangen. Un he hett Marie, sien Fruu. Ik heff Ilse, de Fruu mit dat halve Hart. As ik ehr vör Johren fraagt heff: Wenn ik di nu mien Hart schenk, schenkst du mi denn dien?, do hett se mi lang ankeken un tögerlich seggt: In uns Öller schall en mit dat Schenken vörsichtig umgahn. Bloots wegen dat en nich alleen ween mach, schall en dat Hart nich weggeven. Dat halve Hart will se mi schenken, hett se seggt, för't eerst. Do weer se 66 un ik 68. Wi sünd goot mitenanner. Se hett ehr Wahnung, ik heff mien. Wi gaht fründlich mitenanner um. Kümmert uns, wenn de anner Hölp nödig hett. Kummt vun Harten. Aver is dat en anner Hart.

5

Buten regent dat.
Ik sitt in' Rullstohl an't Finster vun mien Krankenstuuv.
De Wulken hangt deep.
Vun de Bargen nich veel to sehn.
Dat Fjordwater düsterswatt.
Ok dat is schöön.
Ik mach dat.
De Möven ünner de swatten Wulken dubbelt so witt.

Twintig Johr is dat her. Vun veer Weken dree Weken Regen.
Mit de Inwendige.
Mit Ruth.
Mit mien Fruu.

Fast Tüüg antrecken, dörch den Regen lopen, verwunnert kieken, wo kummt miteens de Barg her? Hett sik achter de Wulken versteken hatt un is nu al wedder achter ehr un den Regen verswunnen.

In de Hütt sitten.
Mien Fruu huukt an't Finster.

Süüfzt.
Ik fraag: Is wat?
Un weet, se warrt nich antern. Wenn se so sitt un kickt, warrt se nix seggen, denn is se inwendig.
Ik fraag: Wat denkst du, Ruth?
Se kickt mi an.
Ik smuster.
Fraag ik di, seggt se, woso du smusterst?
Fraag mi, segg ik.
Se fraagt nich.
Wat denkt se?
Wat denkst du?, fraag ik.
Se dreiht sik af, kickt ut' Finster un seggt, sülm, wenn se seggen worr, wat se denkt, kunn se jümmer noch to glieke Tiet ganz wat anners denken. Dat is dat Trurige an dat Denken un Föhlen, seggt se, dat en jümmer noch ganz wat anners denken un föhlen kann. To glieke Tiet. Sülm wenn wi mitenanner slaapt.

Steiht op un seggt, se will na Huus. Se will keen Regen, keen Wulken un keen düsterswatt Fjordwater mehr sehn, keen Möven dubbelt so witt. Un fohrt na Huus.

Ik schall blieven, hett se seggt, se will alleen ween.
Un as ik na Huus kaam, is se nich mehr dor un liggt en Breev op den Disch, se hett sik dat anners vörstellt hatt un schrifft: Wir haben uns verfehlt.
Wat hett se sik vun mi wünscht hatt?
Ik mi vun ehr?

6

Un Pinto seggt, dat harr he mi glieks seggen kunnt, dat warrt nix mit de Inwendige, he harr dat vun Anfang an in uns Ogen sehn kunnt. In ehr un mien Ogen harr dat Experimentelle legen, de Fraag: Na, warrt dat wat mit ehr? Mit em? Versöökt wi dat maal. Aver nu sünd jüm je scheedt, seggt Pinto.
So is dat, segg ik.
Un wat nu?
Nu lieg ik hier.
Un denn?
Weet ik noch nich.
Wat is mit Ilse?

Mit dat halve Hart? Is dat nich ok en Experiment?
Woso verleevst du di nich noch maal in een Fruu. Mit en vull Hart un kriggst dat vull Hart torüch!
Un wo is de Fruu?
Wat weet ik. Kiek di um. Aver nu laat uns en Tass Kaffee hebben. Un Pinto schufft mi röver na de Cafeteria.

Un wo wi dor sitt un drinkt unsen Kaffee, kummt Pinto mit en Mann an' Naverdisch in Snack.
He is de Buur, seggt Pinto to mi, wo ik mien Melk koop för't Café.
Un de ool Buur is för dull an't Schimpen, he is mit sien Fruu över Krüüz, de liggt hier in't Krankenhuus un hett Water in de Lung. Nu will se aver de Tabletten nich nehmen, de dat Hart wedder in de Gangen bringen schüllt, dat pumpt to wenig, un dat Water löppt in de Lung.
Se is Bang för'n Medikamentenschock, seggt de Buur. Se hett al maal so'n Schock hatt, de hett ehr böös tosett. Nu gruugt se sik för de Tabletten.

De Buur kickt Pinto an un seggt: Pinto, wenn mien best Koh wat hett, denn röppst du doch den Dokter. Un wenn de Dokter to di seggt, de Koh hett Medikamenten nödig, mach aver ween, se geiht dor womööglich över togrunn, denn seggst du doch ok: Versöök wi dat, Dokter, se is mien best Koh, ik kann ehr nich eenfach so ingahn laten. Ehrer ik den Schaden heff, gah ik dat Risiko ünner. Seggst du dat nich ok?
Do ik, seggt Pinto.
Mien Fruu aver, as ik ehr dat seggt heff, hett bloots giftig gnurrt: Ik bün keen Koh!
Dat verlangt ok keeneen vun di, heff ik to ehr seggt, aver en Buurfruu weet, wat en Koh weert is för'n Hoff.
Do hett se mi rutsmeten.
Aver ik will nich länger stören, seggt de Buur, gifft Pinto de Hand un nückt mi to.
Un wat nu?, fraag ik Pinto.
Wat weet ik, lacht Pinto, nu mutt he töven, dat sien Fruu sik de Koh anverwannelt.
Oder he mutt dat maal mit Schiller bi sien Fruu versöken, segg ik.
Mit Schiller, kickt Pinto mi an, woso mit Schiller?

Du weeßt doch, in Indien sünd de Köh hillig, un so heet dat denn bi Schiller: »Dem einen ist sie die hohe, die himmlische Göttin, dem anderen eine tüchtige Kuh, die ihn mit Butter versorgt«.
Laat dien Buur, dat man maal mit de ›himmlische Göttin‹ bi sien Fruu versöken, un dat he de nich missen mach. Denn sluckt sik so'n Tablett womööglich wat lichter.
Warr ik em vertellen, seggt Pinto un schufft mi wedder na mien Stuuv.

7

Thore Franzen un sien Fruu hebbt mi besocht. Ik heff de lütt Hütt in ehren Goorn meedt, Stuuv mit Bett, Köök, WC, Duusch. Mehr bruuk ik nich.
Wenn ik ut dat Finster kiek, liggt de See vör mi, ik seh de groten Fährscheep, wo se langsaam um de Bargen kaamt, an den Kai anleggt, so sanft, as weern se nich ut Stahl un Isen. Un wiet achtern steiht de Lofotenwand, blau, in alle Farven blau.

Franzen un sien Fruu hebbt en lütten Campingplatz. Franzen seggt, he maakt em nu ok in Winter op. Ok de Hotels maakt dörch, wo se doch fröher en Winterpaus inleggt hebbt.
Aver nu kaamt de betern Tieden, seggt Thore, in Sommer verkoopt wi de Liddernachtssünn, in Winter dat Polarlicht.

Fruu Franzen hett mi mien Böker mitbrocht. Knut Hamsun. Norweger. Nobelpriesdräger. En groten Dichder. As lütt Jung hett he nich wietaf vun hier op dat Festland wahnt. Hüüt is dat Huus en Museum, as ik dat vör veerdig Johr socht heff, stunn dor man en lütt Schild an' Stratenrand: Hamsun-Haus. To de Tiet hebbt se nix vun em weten wullt, he hett dat mit Hitler holen hatt. Vundaag, wenn en in dat Dörp kummt, hangt dor en groot Transparent över de Straat: Willkommen im Hamsun-Land! Un de Koken in de Cafés heet ›Hamsun-Koken‹.
So sünd se, de Lüüd. Hier un överall.

8

Visite.
To mi schickt se en jungen düütschen Dokter, dat se mi beter verstaht un ik ehr.
De Dokter seggt, se wüllt noch eenmal mien Rippen ünnersöken. Ik mutt in de Röhr.
Woso dat?, heff ik fraagt.
Ehr is wat an de Rippen opfullen, seggt de Dokter, dat wüllt se sik genauer ankieken.
Un wat schall dat ween?, heff ik fraagt.
Wir sehen es uns an, dann reden wir.
De Röhr köönt wi uns sporen, heff ik seggt. Wat Se op de Rippen sehn, sünd Metastasen. Den Primärtumor hebbt se mit de Prostata vör negenteihn Johr ruthoolt, do harrn sik aver al lüürlütte Metastasen op den Weg na de Rippen maakt hatt. Hebbt dor lang slapen, sünd vör teihn Johr opwaakt, hebbt sik een na den annern wiest, un dat is ehr nich goot bekamen: Infusionen, Bestrahlung.
Und wie geht es Ihnen damit?
Goot. Ik leev un heff keen Wehdaag.
Haben Sie gesagt, vor neunzehn Jahren ...?
Ja.

Aber …
Ik weet, an un för sik harr ik al länger doot ween mußt. Hebbt mien Dokters ok al maal meent. Lege artis, hebbt se seggt, müßten wir Ihre Akte schon geschlossen haben. Lege artis – wenn't na Vörschrift gahn weer. Se hebbt aver ok je en Dutten mit mi opstellt. Middewiel kenn ik ehr all, de Dokters, de Swestern, de Plegers. Ik bün sowat as en Stammgast. Wat seggt de ool Peters, de öllst vun de Plegers, jümmer, wenn ik wedder maal mien Infusion krieg: Kiek, dor kummt unsen öllsten Junkie!
Un ik lach denn: Her mit de Nadel, ik bruuk mien Stoff!
En kennt sik, dat is wat weert.
Wo nehmen Sie den Humor her?
Dat weet ik nich.
Und keine Angst vor Schmerz und Tod?
Wehdaag mutt en hüüt nich mehr hebben, dor sünd jüm för dor. Un wat den Dood anlangt, Dokter, den hett noch keeneen mitkregen.
Und das soll heißen?
Wenn en den Dood nich mitkriggt, is dat Leven ewig. Ik freu mi an düsse Ewigkeit.

Erstaunlich, hett de Dokter seggt, also Röhre gestrichen.
Denn gung sien Pieper, un he muß weg.

9

Lange Nacht.
Ik besinn mi nich mehr op de Farv vun ehr Ogen. Un heff ehr maal verleevt ankeken. Heff de Deern in de Ogen keken. Wo jung weern wi doch. Un heff bloots sehn, ok se will.
Lang her.
Un weet de Farv vun ehr Ogen nich mehr.
Un weer se doch maal mien Fruu.
Mien eerst Fruu.
So jung.
»Es gibt nichts mehr auf der Welt außer uns beiden«.
Vergeten.
Un fangt dat Vergeten nich mit dat Vergeten an.
»Das Gewöhnliche ist es, das uns überrascht und gar nicht gewöhnlich ist«, schrifft mien

Dichter, »wie der Staub nicht gewöhnlich ist, der sich unter unseren Betten angesammelt hat zärtliche graue Gespinste? Es ist Staub (...) und tut den Augen weh. (...) Liebe zeigt ihr Gebiß«, schrifft mien Dichter, »um endlich Schluß zu machen, wir mit dieser alten Schallplatte 'es gibt nichts mehr auf der Welt außer uns beiden', was schon lange vorbei ist«.
Veerteihn Johr weer ik mit ehr verheiradt.
Mit Katharina.
Un is hier baven toenn gahn.
Vör dörtig Johr.
Bi Pinto.
In de Börsenspiseri.

Ik sitt an mien Disch an't Finster. Kiek över den Haven, de Fischkutters, achter ehr de Kark. Un blangen mi sitt de Rode mit ehr langen roden Hoor. Un is mien Fruu mi ünner dat Gewöhnliche Dag för Dag verschütt gahn, »bist du noch wirklich da oder ganz verloren gegangen im Sortieren von Sachen – eine Nadel und noch eine Nadel und noch eine, die auf dem Fußboden liegt?« Un ik bün för ehr verschütt gahn ünner ik weet nich wat, un de Leev fangt an un wiest ehr Gebiss.

Un miteens is de Rode dor.
Is jung.
Fohrt sachen mit ehr Fingers över mien Hand. Un is dat, as wenn Licht angeiht, un liggt keen Stoff un keen Nadel op de Daag. Un is nix gewöhnlich. De Rode mit ehr bunten Schaals as en Falter, un ik heff al lang keen Falter mehr um mi rumflegen sehn un segg to mien Fruu:
Ik verreis.
Wohin?
Lofoten.
Woso dat?
Ik will ehr maal sehn.
Woso dat?
Woso nich.
Un woso nich mit mi?
Ik reis mit de Rode.

Harrn wi nich afmaakt, kummt dor maal en ›se‹ oder ›he‹, denn seggt wi uns dat, wi sünd modern, so is dat Leven un hett dat nix mit uns Ehe to kriegen. Is dat Verlangen na en Paus.

Un mien Fruu nückt, un de Rode sitt bi mi in't Auto, un wi fohrt rop na de Lofoten. Un is dat allens en lang vergeten Spektakel. Besinnen op wat maal weer. Un ik warr vun Dag to Dag jünger.

Un sitt bi Pinto in de Börsenspiseri. Un Pinto nimmt an, de Rode is mien Fruu, un as dat Telefon geiht, un mien Fruu röppt an un fraagt, wat ik in't Lokal sitt, antert Pinto: Da haben Sie Glück, er sitzt mit seiner Frau im Restaurant. Un röppt mi an't Telefon.
Eine Dame, seggt Pinto.
De Rode kickt mi an.
Ik gah na dat Telefon: Mien Fruu.
Is wat schehen?, fraag ik ehr.
Is dat, seggt se.
Is di wat schehen?, fraag ik.
Mi nich, aver di.
Mi? Woso mi?
Du hest nu keen Fruu mehr. Ik laat mi scheden ...
Un leggt op.
Do weern wi denn doch nich so modern, as wi dacht harrn.

As ik an den Disch torüchkaam un segg to de Rode: Ik bün scheedt, bün wedder frie, do kickt de Rode mi verfehrt an un seggt: Ik will di doch nich heiraden! Verheiradt hest du mi beter gefullen. Un fohrt den annern Dag na Huus.
Wo ik ehr doch ok nich heff heiraden wullt.

Un lieg nu hier in't Krankenhuus, denk, wi harrn mit dat Gebiss vun de Leev womöög-lich ok anners umgahn kunnt, Katharina un ik. Hebbt wi aver nich.
Wi.
Sünd fründlich mitenanner hüüt.
Allens lang vörbi.
Ik worr geern weten, wat för en Ogenfarv Katharina hett.
Aver mutt dat ok nich mehr weten. Wo wi doch al lang nich mehr de sünd, de wi maal weern.

10

Fruu Franzen fraagt, wat se mit de Hütt maken schall. Vermeden? Wo ik doch wiß vun't Krankenhuus na Huus flegen will? Dat will ik aver nich. Ik will wedder torüch in de Hütt.

Thore Franzen meent, mit dat Gipsbeen un den stieven Kragen um den Hals kann ik jüst so goot in de Hütt liggen oder an't Finster sitten. He will mi en Rullstohl besorgen, denn kann ik mank Heerd un Finster hin- un herfohren, kann mi en Kaffee koken un an't Finster sitten. Kann de Möven tokieken, wo se dor an de Felswand seilt un lange Minuten nich eenmal de Flögels röhrt. Krankenhuus maakt krank, seggt Thore.
Ik will torüch in mien Hütt.

11

Hier gifft dat en ool Fruu in't Huus, de is güstern 100 Johr oolt worrn. Se wahnt in dat Plegeheim, wat to dat Krankenhuus tohöört.

Se geiht an' Stock, aver löppt noch alleen. Un güstern hett se nu ehren Hunnertsten in de Cafeteria fiert. Mit Reden un allens, wat dor tohöört.

So, wenn ik hunnert warrn kunn, harr ik dor nix gegen. As Ilse ehr Mudder 100 worr, do leeg se al dree Johr in't Bett un hett de letzten beiden Johren bloots noch an de Deek vun't Heim keken. Liekers hett Ilse för en groten Geburdsdag sorgt. De Börgermeister is kamen, de Heimleitung vullstännig paraat un natüürlich de Familie. De öllst Söhn, de ok man bloots twintig Johr jünger is as sien Mudder un nich mehr recht lopen kann, harr twoors meent, wat schall he sik noch na de Mudder hinquälen, de kriggt dat je doch nich mehr mit, wat he dor is oder nich. Ilse aver hett dor op bestahn hatt: Solang Mudder nich doot is, warrt ehr Geburdsdag fiert un dat mit di!

Un wo wi dor nu all bi de Mudder in de Stuuv staht, fraagt de Börgermeister mi liesen, wat he de Jubilarin seggen schall, wenn de as doot in ehr Bett liggt un kriggt nix mit.
Ik heff flustert, he schull sik man mit dat

Sektglas vör de ool Daam verbögen un denn to de Familie seggen: Möge Ihrer Mutter der Friede beschert sein.
Dat hett he denn ok doon un to Ilse seggt: Ein schweres Schicksal, das Ihrer Frau Mutter und auch der Familie.
Un Ilse hett nückt.
All de Johren hett se sik um de Mudder sorgt, hett mit dat Heim streden, wenn se meent hett, dat deit sien Plicht nich, un steiht nu hier in de Mudder ehr Stuuv mit dat Sektglas in de Hand, stött mit de Swestern an, mit de Heimleitung, den Börgermeister, is miteens mööd un seggt: Für unsere Mutter wäre es das Beste, Gott würde sie zu sich nehmen. Je eher, desto besser.
Un wo se dat to den Börgermeister seggt un de mit ehr noch eenmal anstött, kummt ut dat Bett vun de Mudder en Stimm un seggt: Es reicht! Un seggt dat luud un düütlich, un is de Stimm vun de Mudder, un is de Mudder al wedder wiet weg, de Ogen to, de Mund halv op.

Ilse hett noch lang bi tohuus seten, hett huult un kann sik dat nich vergeven, dat se seggt

hett, wat se föhlt hett. Aver is dat Ilse ehr Natuur.
Ik heff fraagt, wat se bi mi övernachen will, denn is se nich alleen.
Dat will se nich, hett se seggt, un dat se froh is un hett keen Kinner un nüms ehr den Dood wünschen mutt.
Ik wünsch dat nich, heff ik seggt.
Weeßt du dat hüüt al?, hett se mi ankeken.

Ehr Mann is al lang doot. Den enen Namiddag hoolt he ehr vun dat Katasteramt af, wo se Chefin is, fohrt mit ehr na Huus, fohrt in de Garaasch, Ilse stiggt ut, geiht in't Huus un wunnert sik, ehr Mann kummt nich. Se denkt, wo snackt he sik nu al wedder fast, kickt na buten, süht em nich, geiht in de Garaasch, un he sitt in dat Auto un is doot. Herzstillstand. Siet de Tiet is se bang, ehr kann dat allens noch eenmal drepen.
Ik bring ehr na Huus, fief Minuten to gahn vun mi na ehr op de anner Stratensiet.

12

De Sünn schient. Ik roop den Pleger, he schall mi in den Goorn fohren.
Where do you want to sitt?, fraagt he mi. Your favorite place again?
Ik nück, un he schufft mi na den lütten Pavillon, vun wo ik den Fjord un de Bargen sehn kann.
Rechts vun mi, kickt de Kark mit ehr Spitz över de Dannen, links liggt dat Krankenhuus mit dat Plegeheim. Hier bün ik alleen.

De Pleger gifft mi en Handy, ik schall de 11 ropen, denn kummt he un hoolt mi af. Aver schull mi miteens leeg warrn, un he kann nich foorts kamen, mutt ik de Null wählen, dat is de interne Notfallnummer.
Maak ik, heff ik seggt, un he geiht.

Wat för en Bild!
De Fjord, över de Bargen de blaue Heven, witte Wulken quellt hooch, de Wind kriggt ehr faat un drifft ehr sinnig vör sik her. Möven. Jümmer wedder ehr Krieschen, Klagen, Dibbern, langtrocken Klagen.

Mien Lofotenmelodie. Hööör ik tohuus en Mööv krieschen, ik höör de Lofoten, kiek mi um, wo sitt se, de Mööv, dor op dat Dack, un seh de olen Lofotenbiller vör mi.

Sitt nu hier, föhl de Warms, wünsch mi nix, bün eenfach bloots dor.
Un höör de Mööv, de enkelte Mööv, se schriggt. Wat schriggt se denn, woso höört se nich op? Ik kiek mi um, wo is se, wat hett se? Un seh ehr op den Schosteen vun't Krankenhuus, hett merrn op düssen Schosteen ehr Nest buut un steiht dor baven un schriggt. Un ik seh, ehr Lütts is ut dat Nest fullen, rutscht Zentimeter för Zentimeter dat Dack daal. Un de ool Mööv schriggt. Flüggt op, flüggt um dat Lütt rum, sett sik wedder op dat Nest un schriggt. Un de lütt Mööv, lüürlütt, rutscht dat Dack daal op de Kant to. Un ik drück de Nr. 11.
De Pleger mellt sik. Ik bruuk Hölp!
I am coming!
Steiht ok al in de Döör, löppt op mi to, ik wies na dat Dack hooch.
De Mööv, roop ik, de lütt Mööv!
De Pleger kickt hooch, kickt mi an, tuckst

mit de Schullern, as will he seggen: Un wat is?
Ik roop: Opfangen! Opfangen! The baby there! Opfangen!
Un do rutscht de lütt Möö v över de Dackkant, liggt op de Eer. Un is se nu doot?
Ik segg to den Pleger, he schall ehr opsammeln, kieken, wat se noch leevt.
He kickt mi verwunnert an, sien Handy bimmelt, un seggt: Don't worry, we have so many of them.
Un geiht.

Un ik sitt in mien Rullstohl, kiek na de ool Mööv, de steiht in ehr Nest un hett dat Schriegen instellt, steiht dor un deit nix.
Ik kiek op mien Rullstohl, kiek na den Fjord. Vun mi bit na de Kant vun den Goorn, bit hin na den Tuun sünd dat teihn Meters, un wenn ik nu op den Tuun to rull un de hett jüst dor, wo ik op to rull, en Lock, un ik rull dörch dat Lock, fall över de Kant un in den Fjord, schall ik denn ok denken: Don't worry, we have so many of them?
Ik kiek den Pleger na un mach em nich mehr lieden.

13

Post för Se, seggt de Swester.

Konni Maßen schrifft. Konni is twee Johr jünger as ik. Wi sünd Kollegen an de Hoochschool ween. He is Historiker, sünnerlich dat Middelöller is sien Rebeet. Desterwegen is he ok nich mehr in de Kark. Wat Christen mit de Welt opstellt hebbt, seggt he, dat kann he ehr nich nasehn. Wat Gott anlangt, höllt Konni dat mit Blaise Pascal, en berühmten Mann in dat 17. Johrhunnert. De hett maal seggt hatt, wenn he wetten schull, wat dat Gott gifft oder nich, denn worr he wetten, dat gifft em.
Gewinnt he de Wett, kann Pascal sik op de ewige Seligkeit freuen, verleert he, schaadt em dat nich. Worr he aver wetten, dat gifft keen Gott, un denn gifft em dat doch, denn mutt Pascal mit de Höll reken. So'n Denken gefallt Konni. Ik worr de Wett gor nich eerst ünnergahn, woso schall ik um wat wetten, wat dat nich gifft. Aver is dat natüürlich ok so'n Oort Gloven.

Ik maak den Breev op.
Wat fallt di in, schrifft Konni, un kummst mi dor baven meist um't Leven! Vergeet nich, wat du mi toseggt hest, du schallst maal an mien Graff snacken. Konni is sik seker, he geiht maal vör mi. He is jümmer bang vör den Dood. Ik bün dat nich. Oder noch nich. Dat överfallt em, seggt Konni, he kann dor nix gegen maken. Ik schall, wenn he maal doot is, kort un bünnig snacken. Keen Sentimentalitäten.
Un keen letzt Fragen na Gott un wat na den Dood kummt, op de dat sowieso keen Antwoort gifft. Ik harr Konni geern fraagt, wat he mien Fruu al kennt hett, as de noch mit mi verheiraadt weer, un wat se sik dorum so fix hett scheden laten, as ik mit de Rode op Reisen weer, un hett Konni friegt.
Aver Konni hett je seggt: Keen letzt Fragen. Un wenn he doot is, kann he sowieso nix mehr seggen. Un sien Fruu, wat maal mien Fruu weer, seggt ok nix.
Aver wat geiht mi dat allens hüüt noch an. As wi de weern, de wi domaals weern, weern noch nich de, de wi nu sünd; un de, de wi nu sünd, hebbt nix mehr to kriegen mit de, de wi

maal weern. Oder? Un is Konni al lang Fründ an mi, un sien Fruu, de maal mien Fruu weer, is ok Fründin an mi.
Un so hett Konni denn ok recht: Keen letzt Fragen mehr.

14

Pinto kickt in.
Ik heff Tiet mitbrocht, seggt he, laat uns na de Cafeteria gahn un en tweet Fröhstück hebben. Marie hett seggt, ik schall mi um di kümmern, du mußt je ingahn, wenn du nüms to'n Snacken hest.

Pinto schufft mi langs dat Buffett, un wi sammelt uns en deftig Fröhstück tosamen.
De Kaffee is stark, segg ik.
Starken Kaffee verdrifft maue Gedanken, antert Pinto. Ik heff över di nachdacht. Du kennst hier meist keeneen, kannst narms hin, wat wullt du hier noch? Roop Ilse an, se schall di na Huus holen. Un wullt du nich na Huus, se schall liekers kamen. Du hest en to'n Sna-

cken, un wenn de Dokter dat tolett, kann se di in't Auto över de Inseln fohren. Dat du wat sühst! Wegen dat büst du doch hier.
Un wegen dat Nadenken, Pinto. Ik will weten, wat heff ik noch vör. Dat weet ik al länger nich un dat quält mi. Du hest dien Café. Wat heff ik? En pensionerten Philosophielehrer, keen Studenten mehr, keen Ünnericht.
Aver je noch de Philosophie, seggt Pinto.
Desterwegen bün ik hier, will nadenken.
Un is di al wat infullen?
Dat weet ik noch nich.
Schull di nix infallen, Lauritz, lacht Pinto, denn kannst du bi uns in de Köök uthölpen. Dat Geschäft brummt. Sünnerlich de Düütschen sünd froh, se findt hier so'n Oort düütsch Café. Du kannst ok bedenen, wenn di dat lever is. To'n Bedenen höört Philosophie to: För den annern un sik sülm dor ween. Balance, ik un de anner. Besinnst du di noch op den Kellner Torben in de Börsenspiseri? Vör dörtig Johr? Du hest di maal bi mi över em beklaagt, he worr di jümmer so vun baven daal bedenen, as harr he dat nich nödig, anner Lüüd dat Eten an den Disch to bringen. Un weeßt du noch, wat ik domaals to di seggt

heff? Argern Se sik nich, heff ik seggt, he is jung, hett siet dree Weken en egen Peerd, is jümmerto an't Rieden un speelt den Herrenrieder. Bedeent vun baven daal. Un weeßt du noch, wat du do seggt hest? Du hest seggt: Wenn he mental nich vun dat Peerd daalkummt, denn schall he de Peerd dat Foder bringen, aver mi nich mien Eten. Vertell em, ik bün keen Peerd. Is doch Philosophie, Lauritz, jeedeen Rull hett ehr egen Opgaven.
Richtig, Pinto, un en niege Rull söök ik momentan för mi.
Dat glööv ik di nich to, seggt Pinto, ik nehm an, du hest dien Rull al lang funnen, du wullt ehr bloots noch nich annehmen. Wi sünd oolt, Lauritz. Roop Ilse an. Ik mutt loos, wi hebbt vunavend en Geburdsdagsfier, ik will Marie to Hand gahn. Ik kiek morgen wedder in.

15

Lange Nacht.
De Slaap kummt nich to mi.
Ik lieg, lees, pack dat Book weg, denk.

Denk an wat?
Denk an Ilse.
Denk, nix mutt ween, as dat is, kann ok allens ganz anners ween.
Denken heißt unablässiges Durchstreichen, seggt Paul Valéry.
Mien Philosophie.
Ilse mach so nich denken.
Ik will ehr nich weh doon, aver ehr Denken is en Huusmeisterdenken. Dat gifft en Huusordnung un de warrt inholen. För'n Huusmeister sünd Valéry un ik Chaoten.
Buten is dat daghell, de Klock geiht op dree to, un ik lieg waak.
De Nachtswester kickt in.
Ik schall slapen, drauht se mi mit en Finger.
Ik smuster un segg: Ik slaap al.
Un stell mi vör, Ilse weer domaals mit mi hier baven ween, as ik dat witt Huus ›kofft‹ heff.
In de Bar vun dat Lofothotel, de eenzigst Bar to de Tiet.
Proppenvull. Fischerlüüd. Ehr Breevtaschen dick vun Schiens, de Saison toenn.
Un in't Fernsehn löppt Football, Norwegen

gegen Düütschland. De Düütschen scheet en Tor.
Ik riet de Arms hooch, roop: Tooor! Dodenstill. All Fischers kiekt mi an. Sorry, murmel ik verlegen.
De Fischermann blangen mi kloppt mi op de Schullern un flustert: May the best win.
De Norwegers hebbt Gottdank wunnen; en vun de Fischers schufft mi en Snapsglas to, will mi trösten, un wi stööt an.

Un ik vertell miteens vun dat witte Huus. Ik worr so geern dat witte Huus hebben, wat an't Enn vun den Fjord steiht, fofftig Meters vun de Straat weg ünner Bööm.
Wo mennigmaal heff ik vör dat lütt Holthuus stahn un heff mi in en Leven rindacht. Ik in dat witte Huus. Un wahn op de Lofoten. För jümmer. Un bün neeschierig op mi. Ik weet, en nimmt sik mit op Reisen, aver düt is keen Reis, dat schall en Leven warrn, un wat mach ut mi warrn, wat ik noch nich ween bün un nich kenn.
Un de Fischermann seggt, he kennt dat Huus, dor wahnt nüms.
Un nu sünd wi al bi dat foffte, sößte, ik weet

nich woveelte Glas Snaps, un ik segg: Ik will dat Huus kopen, wat aver je nich geiht, kopen köönt bloots Norwegers.
Un de Fischer seggt wait a minute, snackt mit en annern Mann, de kickt na mi hin, nückt, un de Fischer seggt, ik kann dat Huus hebben.
Woso?, kiek ik em verbaast an, un de ool Fischermann seggt, de dor, un wiest op den Mann, mit den he snackt hett, de is de eenzigst Schandarm, den wi hebbt, un de harr seggt, de Düütsche harr sik fein benahmen, he kann dat Huus hebben.
Un ik bün glücklich, ik kann en anner Leven versöken un smiet en Runn Snaps, un wi hebbt mien Huus un den Anfang vun dat niege Leven fiert, bit wi all so besapen weern, dat wi unsen Herrgott nich mehr kennt hebbt, un de Klock twölf sloog, un de Barmann ropen hett: Aus! Vorbei! Bis morgen!

Un as ik den annern Middag an' Haven stah, un de Fischermann löppt an mi vörbi, un ik gröözt em, do hett he mi al nich mehr kennt.
Un Ilse, wenn se mit mi ween weer, harr

seggt: Wo sünd de Papieren, de Stempels, de Ünnerschriften?
Ilse is nich för't Drömen un mit en besapen Kerl, de en witt Huus op de Lofoten kofft, kann se ok nix anfangen un höllt denn sülm dat halve Hart ünner Versluss. Dat will ik aver nich. Ik will tominnst dat halve Hart beholen.

En lange Nacht.
Wo is de Slaap bleven?
Buten klötert Geschirr.
Se fohrt dat Fröhstück ut.
Wat för en Nacht!

16

Mien jungen düütschen Dokter geiht dat nich goot, he hett sik in de Nachtswester verkeken, aver de will nich so recht.
Klock ölven in de Nacht kickt he bi mi in, liekers he düsse Week keen Deenst hett.
Nanu? Se hier, segg ik, is de anner Dokter krank?

He wull noch maal na sien Arbeid kieken, antert he. He will je Perfesser warrn un mutt dorför forschen.
Außerdem wollte ich wieder einmal bei Ihnen einschauen.
Wat natüürlich allens nich wohr is, sien Nachtswester hett Deenst.
Geiht dat mit de Forschung vöran?, fraag ik.
Geiht so.
Dat kloppt, de Nachtswester steiht in de Döör, verwunnert sik, dat he in mien Stuuv sitt, schüttkoppt un maakt de Döör vun buten to.
Is se vergrellt, kiek ik den Dokter an, seggt nich goden Avend, nich gode Nacht?
Wir haben Probleme, seggt he, un süht bedrippst ut.
Aha. Causa amoris, in Sachen Liebe? He nückt.
Denn nu man achter ehr her, segg ik.
Wat hebbt de olen Lateiners seggt: Omnia vincit amor, die Liebe besiegt alles!
Leider nicht, süüfzt he, ich kann schon gar nicht mehr schlafen. Manchmal wünschte ich mir, Ihr Alter zu haben, entschuldigen Sie,

aber heißt es nicht, der Wahnsinn läßt dann langsam nach.
Ach, mien Dokter, lach ik, dat Testosteron geiht ut, nich de Leev.
Liebe ohne Testosteron? Geht das?
Dat gifft dat un dat geiht, un ik weet, wo ik vun snack. Jüm geevt mi doch all dree Maand de Testosteron-Killer-Sprütt. Dat Verlangen geiht dorbi verschütt.
Und das vermissen Sie nicht?
Mien leve junge Dokter, wat menen Se wull, wo schöön de Himmelsfreden ween kann un is Platz för nix as dat Hart mit sien Leev. Keen Hecheln, keen Jiepern un Jachtern mehr. Aver in Se ehr Öller, Dokter, un as ik noch gesund weer, da singen Herz und Leib im Duett. Af un an singt dat Testosteron maal en Solo, un so'n Solo kann je ok wat Schööns ween. Un nu gahn Se de Swester na, ik will slapen.
Ich werde Sie vermissen, sä he un gung.

17

Middsommernacht.
Un ik sitt bi Thore Franzen op de Terrass. Mit sien Fruu, de Navers, as jümmer, wenn ik um düss Tiet hier weer.

Thore hett so lang op de Dokters insnackt, bit se nageven un mi rutlaten hebbt. To Bett mutt ik allerdings wedder in't Krankenhuus. Wat weet ik, wann ik mööd warr.

Middsommernacht. Ik kiek över de See, achtern de Bargen, blau in alle Farven blau. Un de Sünn steiht en handbreet över Thore sien Huusbarg, un duurt dat noch een Stunn, denn steiht se mit de Fööt op den Kamm vun den Barg, un is dat denn Klock Middernacht.
Vun nu an warrt se Dag för Dag een fingerbreet deeper sacken un is amenn achtern den Barg verswunnen un kummt eerst dat anner Johr wedder vördag.
Un ik dörv dat ok düt Johr sehn, dörv den Barg hoochkieken un töven, bit se op den Kamm steiht.

Thore stellt Wienbuddeln op den Disch, un de ool Hakon Anderson vertellt noch eenmal de Geschicht, wo he mi to'n eerstenmal sehn hett un hett sik wunnert, dor löppt en Mann mit en Krawatt um den Hals langs den Fjord, un is dat en warmen Sommerdag, un keeneen driggt mank Bargen, See un Möven en Krawatt.
Un Hakon Anderson kummt op mi to, kickt op mien Krawatt un seggt: You must be from the Royal Family.
Vun de Königliche Familie? Woso dat?, heff ik fraagt.
He tippt vörsichtig mit den Wiesfinger op de Krawatt un seggt: Nobody but the Royal Familiy driggt mank Water, Barg un Möven en Krawatt. Oder wollen Sie der Natur einen Vortrag halten, grient he, sorry, es sollte nur ein Spaß sein. Aber es ist kein Anlass zu sehen für eine Krawatte.
Doch, heff ik seggt, de is to sehn, ik bün jüst ankamen un begrööt mien Lofotinseln. Mit en Dener un en Krawatt.
Das kann ich verstehen, lacht he un gifft mi de Hand. Ich bin Hakon Anderson. Sind Sie der Deutsche bei Thore Franzen?

Bün ik.
Dann sollen wir uns öfter sehen. Thore ist ein Freund von mir, und er hat gesagt, Sie lieben die Einsamkeit. Das tun nur gute Menschen. Die Bösen brauchen Leute um sich, um böse sein zu können.
Ik heff de Krawatt afbunnen, in de Tasch steken, un wi sünd en Stück mitenanner lopen, bit he meent hett: Aber nun sollen Sie Ihren Weg allein gehen, ich will ja nicht stören, wenn Sie die Berge, das Wasser und den Himmel begrüßen möchten.

Wat för en Middernacht!
Un nu kummt ok noch Ole Mumm över de Straat to uns op de Terrass. He is Lofotenmaler, so steiht dat an sien Huusdöör: Lofotenmaler Ole Mumm. An un för sik harr he maal Slachter warrn schullt, so harr sien Vadder dat vörsehn, de weer Slachter un harr en egen Slachterie. Aver de Jung harr seggt: Ik bün Künstler, ik will Swien un Köh malen, aver nich afsteken.
As de Ool dor nu aver op bestahn wull, de Jung schull dat Geschäft in de Familie holen, he weer je de eenzigst Jung un Swestern hett

dat nich geven, do is Ole utknepen, wiet weg, bit rop na de Lofoten. Un maalt nu Bargen, Fjorde un Fischkutters, so as de Touristen dat lieden möögt.
Is keen Kunst, seggt Ole, aver he kann dorvun leven.

Dat ehrt em, dat he weet, he is en gefälligen Maler. Un is doch Künstler, denn an Daag, an de he sik wegen dat Gefällige sülm nich mehr lieden mach, sitt he in sien Kamer un maalt en Trollbild. Un dat Gesicht vun den Troll süht ut as he. Aver is dat nich sien gewöhnlich Gesicht.
Sühst du den Dämon in mien Gesicht?, hett he mi maal fraagt hatt.
Wat för en Dämon, Ole?, heff ik seggt un op dat Bild keken.
Mien Tragödie.
Ik seh ehr nich.
Kiek genau hin. Achter dat Trollgesicht.
Water, segg ik, ik seh Water.
Mien Dämon weent.
Woso dat?
Un Ole böögt sik na mien Ohr un flustert: Dat is de Künstler, den ik wegsparrt heff.

Aver verraad dat keeneen, ik kann nix as malen un mutt vun Biller leven.

Un as Ole mi den enen Dag ok en Trollbild schenkt, un ik denk, nu heff ik also Ole sien Gesicht mit de Tranen vun sien Dämon, do is dat mien Gesicht, un Ole seggt: Ik heff dien Dämon maalt.
Ik aver kann keen Dämon sehn.
Wo schall ik em söken?, fraag ik Ole.
In de Ogen, antert Ole.
In de Ogen?
Ja, In dien Ogen.
Un ik kiek, un sünd dat Ogen, de mi anseht, argdenkern Ogen, Ogen in Tweebedacht, un sitt in de Ogen de Twiefel.
De Twiefel?, fraag ik Ole.
Dien Dämon, nückt he.

Zweifel muß nichts weiter sein als Wachsamkeit, sonst kann er gefährlich werden, schrifft in dat 18. Johrhunnert Georg Christoph Lichtenberg, en berühmten Mann. Ole weet nich, wokeen Lichtenberg is, aver sien Ogen seht, wat de anner schrifft.
Wir sind geschaffen, einander anzusehen,

hett de ool Maler Degas seggt, un dat kann he, Ole.

So sitt wi, un is dat en wunnersaam Nacht.
Fruu Franzen seggt, se hett en Taxi bestellt, ik mutt torüch in de Klinik.
Noch en Glas Wien. Un noch en Glas. Un denn is dat Taxi dor.
Ik mutt torüch.

18

Ik heff bi Thore Franzen toveel Middsommernachtswien drunken. As ik wedder in't Krankenhuus kaam, un de Swester mi in't Bett hölpt, meent se, ik rüük nich jüst na Bruuswater, denn weer't wull ok beter, se worr mi en Ammer vör't Bett stellen, mit mien broken Been keem ik je nich fix genoog ut' Bett.
Ik heff keen Woort verstahn un heff ehr liekers verstahn, se hett utsehn as mien Mudder fröher, wenn ik duun vun' Danzsaal na Huus kamen bün, un Mudder mi mit en wruckig

Gesicht to Bett brocht un den Ammer vör't Bett stellt hett. Aver ik bün je op de Lofoten, un Mudder is al lang doot.
Mi fallt de Ogen to.

Ik drööm.
Mudder leest mi vör.
Der Froschkönig.
Jümmer wedder ›Der Froschkönig‹.
Woso wull ik dat jümmer wedder hören?
Sien, wat en nich sien will: Frosch.
Un is doch Königssöhn.
Mutt Frosch sien.
Woso?
Mudder weet dat nich.
Verwunschen.
Wokeen dörv en verwünschen in dat verkehrt Leven?

Mudder leest: Der treue Diener Heinrich war voller Freude über die Erlösung seines Herrn. Und als sie ein Stück gefahren, hörte der Königssohn, dass es hinter ihm krachte, als wäre etwas zerbrochen. Da drehte er sich um und rief: Heinrich, der Wagen bricht! Nein, Herr, der Wagen nicht, es ist ein Band

von meinem Herzen, das lag in großen Schmerzen, als Ihr in dem Brunnen saßt, als Ihr ein Frosch wart.
Noch einmal und noch einmal krachte es auf dem Wege, und es waren die Bande, die vom Herzen des treuen Heinrich absprangen, drei eiserne Bande, die er sich um sein Herz hatte legen lassen, damit es ihm nicht vor Weh und Traurigkeit zerspränge.

Un ik drööm.
Bün Heinrich.
Bün oolt.
Un dree isern Ringen springt vun mien Bost, fallt vun mi daal.
Un is dat de Angst, de vun mi fallt: Hest du dat verkehrt Leven leevt?
De Angst: Harr ik en anner Leven leven kunnt, un heff ik dat verspeelt?
De Angst, de vun mi fallt: Weet ik, wat för en Leven ik noch leven will?
Un stah achtern op den Wagen vun den Königssöhn mit sien Prinzessin un bün Heinrich nich mehr, bün de ool Lauritz, spring vun den Wagen daal.
Stah op de Straat.

Kiek mi um.
De Sünn.
De Bargen.
De Fjord.
De See.
De Luft.
Un bün frie.
Un weet miteens, hier in de Nacht, in't Krankenhuus, op de Lofoten, ik heff dat Leven hatt, wat notwennig weer för mi, un leev dat Leven, wat för mi notwennig is. Vertruu op mi un vertruu op de Dagen un Johren, de ik noch heff. Legg ehr nich fast, laat se kamen, ik warr ok mit ehr dat notwennig Leven leven – so as dat för mi notwennig is, wenn se dor sünd de Daag un de Johren. Heinrich, ool Fründ! Laat di dat goot gahn. Ik gah nu.

Dat kloppt.
De Dagswester.
Mein Himmel, jappt se, wat för'n Luft in de Stuuv!
Se ritt dat Finster op.
Frische Luft.

19

Mi jöökt dat Been ünner den Gips, bün nu aver de Halskruus loos, de Wirbels sünd wedder in de Reeg.
Noch en beten vörsichtig ween, seggt de Dokter, nich mit en Ruck na rechts oder links kieken, suutje den Kopp dreihen. Woso schull ik wull ok mit en Ruck na links oder rechts kieken. Fruuns gifft dat twoors genoog in de Cafeteria, un de en un anner is ok dat Ankieken weert, dat mutt aver je nich mit en Ruck ween.

Sünnerlich een Fruu is mi opfullen, de mit de langen swatten Hoor. Maal driggt se ehr op, maal to'n Dutt bunnen, maal as Peerswanz. Mi gefallt se an besten mit den Peerswanz. Midde fofftig is se un heet Gru. So schrifft sik dat, klingt aver as Grüü un heet ›Morgendämmerung‹. Um de Tiet is se to Welt kamen, hett se mi vertellt. Un ehr Mudder harr seggt hatt: Das Licht, auf das wir gewartet haben: Grüü.

Ik sitt mit ehr buten in den Pavillon, wo ik so geern bün. Se hett op en Tablett Kaffee un

Koken brocht. Kennenlehrt hebbt wi uns in de Cafeteria, all Dischen besett, so keem ik an ehren Disch to sitten, wo se alleen seten un leest hett.

As en lütt Musikkapell dat Spelen anfung, hett se meent: Zu laut. Gehen wir in den Pavillon, dort sitzen Sie doch gern.
Woher wissen Sie das?, fröög ik verwunnert.
Die Möwe, sä se un smuster.
De Pleger harr in't ganz Krankenhuus vun mien Nootalarm wegen de lütt Mööv, de ut ehr Nest fullen weer, vertellt. He harr sowat noch nich beleevt hatt, wegen en Mööv Alarm maken.
Aber Sie haben ja Recht, sä se, es ist zwar so, wie der Pfleger sagt ›We have so many of them‹, aber die Vielen sind auch immer die Einzelnen.
Wieso sprechen Sie so gut Deutsch?, fröög ik ehr.
Man hat es in der Schule gelernt.

Se liggt hier mit Brustkrebs, de Operation hett se achter sik. De rechte Bost hett se verloren. Un dat mach ehr Mann nich sehn.

Er ist nicht böse, sä se maal, er sagt mir viele liebe Sätze. Ich soll nicht traurig sein, er liebt mich, wie ich bin, sagt er. So redet er und redet und meint es gut, aber er redet und schaut mich nicht an. Das ist das Sonderbare am Redenkönnen, es ermöglicht uns, nicht hinschauen zu müssen. Ich wünschte, er wäre stumm.
Wat sünd dat doch för Daag.

20

Wi kaamt nu veel tosamen. Mehrstendeels sitt wi in den Pavillon an' Fjord. Hier stöört nüms. Se hoolt Kaffee un Koken, ik kann je nich hölpen.

Ik worr ehr geern fragen, wo se op de Lofoten wahnt, aver heff dacht, laat dat man, wenn se di dat seggen will, denn deit se dat vun alleen. Ik weet nu aver, woso se so goot Düütsch kann, se is Lehrerin, un een vun ehr Fächer is Düütsch.

Güstern hett se mi fraagt, woans ik to de Philosophie kamen bün. Do heff ik ehr de Geschicht vun Schiller sien Ballade ›Die Glocke‹ vertellt.

As ik en Jung vun foffteihn weer, na den Krieg, do mussen wi in de School Balladen lesen un ehr utwennig lehren. Un so kregen wi den enen Dag ok Schiller sien ›Glocke‹ faat, en ellenlanget Ding. Unsen Lehrer sä, he wull nich verlangen, dat wi dat utwennig opseggen köönt, aver wokeen dat versöken worr un schafft dat, de harr sik en Een verdeent. Twee, dree vun uns hebbt dat versocht, sünd ahn Stottern un Stolpern dörch de Strophen kamen un hebbt en Een kregen.

Dat hett Harro Eggers argert. Do hett he den Lehrer fraagt, wat dat nich ok maal för en Fraag en Een geven kunn?
Wenn dat en kloke Fraag is, hett unsen Lehrer meent, denn kunn Harro ok förn Fraag en Een kriegen. Wat dat denn för en Fraag weer? Do hett Harro fraagt: Was bedeuten diese Verse in der Ballade ›Die Glocke‹:

Verderblich ist des Tigers Zahn,
Jedoch der schrecklichste der Schrecken,
das ist der Mensch in seinem Wahn.«

Wer ist so ein Mensch?, hett Harro fraagt, un wi hebbt foorts wußt, nu hett he unsen Lehrer an' Haken. De worr witt, sä eerstan gor nix un denn knapp: Zum Beispiel Stalin.
Wo wi doch all wussen, dat he in de twölf Johren för sien Föhrer allens doon hett un desterwegen eerst na veel Johren wedder in de School ünnerrichten dörv.
An un för sik harr he nu to Harro un uns seggen mußt: Schaut ihn euch an, er steht vor euch: Der Mensch in seinem Wahn.
He hett Harro aver bloots en Een geven, stumm. Aver je doch en Een.

So hett dat anfungen mit de Philosophie, heff ik to Grüü seggt: Skeptizismus. Gegenan denken, argdenkern warrn, wenn dor en mit Wöör kummt, in de en allens rinpacken kann so as in ›Heimat‹, ›Gemeinschaft‹, ›Identität‹. Un ik weet nich wat noch allens för Wöör, Hülsen för den Wahn.
Wi weern uns enig.

Grüü hett hüüt vun ehr Mudder vertellt, de harr jümmer wat um de Hannen hebben mußt.
Ich durfte als Kind nicht im Garten sitzen und nur auf die Wolken gucken. Foorts hett de Mudder ehr Arbeid in de Hannen drückt. Nix doon is Sünn, hett de Mudder seggt hatt.
Grüü ehren Mann is Repräsentant vun en Firma un veel ünnerwegens op de Inseln un dat Festland. He hett wull wat vun ehr Mudder, kummt he na Huus, kann he lang keen Roh finnen.
Grüü hett en verdreihten Gedanken. Vielleicht, seggt se, habe ich mich bei meiner Mutter für meine Neigung zum Müßiggang entschuldigen wollen und habe diesen fleißigen, unruhigen Mann geheiratet.

Mien eerst Fruu un ik, wi sünd verheiradt worrn, sä ik. Wi wahnen tosamen, slepen tosamen, weern Studenten, hebbt uns um nix scheert, wilde Ehe, un dat hett sik nich schickt to de Tiet. Do hebbt de Öllern dat Opgeboot bestellt. Un wi weern verheiradt. To fröh.
Und was ist daraus geworden?

Geschieden.
Se hett dor nix to seggt. Nadacht hett se, dat weer to marken. Aver över wat? Ik weet dat nich.
Dat sünd feine Daag mit ehr.

21

Pinto hett mi afhoolt. Ik sitt bi em in't Café, Marie, sien Fruu, is mi um den Hals fullen.
Schöön, di to sehn, seggt se, deit mi leed, dat ik di noch nich in't Krankenhuus besocht heff, aver du sühst je, wat hier loos is, proppenvull.

Ik heff Luft hoolt, endlich wedder ünner gesunne Lüüd, keen Swester, keen Pleger, keen Dokter. Wiß, ik mutt torüch, aver nu loop ik doch al an de lange Lien.
Grüü hett den ganzen Dag mit ehr Dokters to doon, se kiekt ehr noch eenmal dörch, ehrer se na Huus kann.

Berliners an mien Disch. Ik kaam mit ehr in' Snack. Vun de Lofoten hebbt se nich veel sehn, se sünd Anglers, kiekt op dat Water. Dat harrn se ok an' Wannsee kunnt.
Wat maakt jüm mit all de Fisch?, heff ik ehr fraagt. Jeedeen Dag Fisch eten?
Nee, se sünd mit ehren Camper kamen, vullpackt mit Eten un Drinken för veerteihn Daag. Sünd de um, kaamt de froren Fisch in de lerrigen Kisten un dat geiht torüch na Berlin.
Un wenn jüm in Berlin vun de Lofoten vertellt, wat vertellt jüm denn?
Dat dat Angeln jümmer dürer warrt. De Touristen fischt je allens weg. De Angelgebühren sünd al wedder ropsett worrn.
Un wat seggt jüm to de Landschop hier baven?
Wunnerschöön to angeln.

Na ja. Dat Oog süht dat, wat dat sehn will.

Wat mi denn an besten gefallt op de Lofoten?, hebbt se mi fraagt. Ik heff grient un seggt: Dat Krankenhuus. De Swestern, Plegers, Dokters un de Gips.

Gips?, hebbt se mi verbaast ankeken. Woso Gips?
Ik heff mit den Finger op mien Gipsbeen tippt un seggt: Lofotengips. Unvergleichlich!
Un denn hebbt wi op Water, Fisch un Gips anstött. Feine Lüüd, de Berliners.

22

Grüü röppt an.
Erwarten Sie Besuch?
Ik? Nee. Woso?
Ich möchte Sie zum Essen einladen. Haben Sie Lust? In zehn Minuten würde ein Taxi vor der Tür stehen. Ich hole Sie ab, wenn Sie mögen.
Wohin?
Essen am Hafen. Einverstanden?
Wunnerboor, heff ik seggt.

En egenorrig Geföhl blangen ehr in't Auto sitten. Se hett swegen. Ik heff ok nix seggt, heff keken, heff mi an dat Land freut.

Fisch eten an' Haven. Kutters fohrt vörbi. En Glas Wien drinken. Kaffee, en Stück Torte. Aver anners as in unsen Pavillon sünd wi mit dat Snacken nich recht in de Gangen kamen. Se hett de Arbeiders op de lütt Warft tokeken, hett swegen. Dat leet, as worr ehr wat bevörstahn.

Na annerthalv Stunnen sä se: Ich möchte Ihnen noch etwas zeigen.
Wat will se mi wiesen?, heff ik dacht. Will se mi ehr Huus wiesen? Wahnt se överhaupt hier in de Gegend?

As wi op. den Weg torüch weern, sä se to den Taxifohrer, he schall na de Kark hoochfohren, de rechts vun uns op den Hügel stunn. En Kark ut Holt. De gröttst rundum.

Wi helen vör de Karkenpoort, se holp mi ut dat Auto, sä to den Fohrer, he schull töven un gung mit mi in de Kark. Twee, dree Touristen. Allens still.

Kommen Sie, sä se, setzen wir uns in die Bank hier.

Se leet ehr Ogen dörch de Kark wannern, as worr se kieken, wat noch allens so is, as se dat vör lange Johren kennt hett.
Un kickt mi an un seggt: In dieser Kirche habe ich geheiratet. Vor 32 Jahren. Und liebe meinen Mann nicht mehr. Es gab keinen anderen Mann. Trotzdem wollte ich mich scheiden lassen. Aber meine beiden Kinder haben mir gedroht, ließe ich mich scheiden, wären sie nicht länger meine Kinder und ich nicht mehr ihre Mutter. Und mein Mann, ich habe Ihnen ja berichtet, er schaut mit viel Worten nicht hin, so etwas komme doch vor, das gehe vorbei. Er hat es ausgesessen. Er braucht sein Zuhaus. Ich bin geblieben. Jetzt wissen Sie, wie es mir geht. Die Kinder sind aus dem Haus. Mein Mann und ich leben allein. So ist es. Sagen Sie jetzt bitte nichts.

Denn stunn se op, un wi sünd torüch na't Krankenhuus fohrt.
Se is op ehr Stuuv gahn. Ik heff ehr den Dag nich mehr sehn.

23

Fruu Grüü fohrt hüüt na Huus. Se hett dat hier achter sik un dat anner vör sik. Ik heff ehr allens Gode wünscht. Vun Harten.

Buten weiht dat.
Kole Luft.
Nix för'n Goorn.

Pinto hett all Hannen vull to doon mit sien Café.
Franzens sünd op ehren Campingplatz.
De junge Dokter lett sik ok nich sehn.
Wat doon?

Ilse anropen?
Se mutt dat je doch maal to weten kriegen, dat ik hier in't Krankenhuus lieg.
Un denn?
Denn geiht allens sien Gang.
Ik will den Gang noch nich.

Dat kloppt an de Döör.
Grüü.
Ich wollte Sie noch einmal sehen, ehe ich nach Hause fahre.

Ik denk, Se sünd al weg?
Sollte ich auch sein: Mein Mann hat eine kleine Panne mit dem Wagen. Ich fahre morgen. Cafeteria?
Geern. Ik freu mi.
Draußen ist es leider frisch, sonst hätten wir in den Pavillon gehen können.
Mi is nich koolt.
Dann gehen wir in den Pavillon.

Wi sitt, swiegt.
Se kickt mi an un seggt: Ich habe Angst.
Ik weet, segg ik.
Ich weiß nicht, ob mein Mann es aushalten wird. Als man Sie operiert hat, wie hat Ihre Frau es ausgehalten?
Se hett swegen. Se hett dat dootswegen, den Kreev, de Operation, hett sik de Narv den Buuk daal nich ankeken. Hett swegen un de Ogen tomaakt. Dor lett sik swoor mit leven. An Wöör kann en sik anhaken, an't Swiegen nich. An't Swiegen rutscht en af. Wi sünd utenanner. Ik mach keen verkehrt Leven.

De Wind weiht in de open Döör, Grüü schuudert.

Ik fraag: Schüllt wi lever ringahn?
Se schüttkoppt, maakt de Döör to.
Keine Leute, seggt se.

Mit ehr nu alleen in den Pavillon un is mi nich eng, is Luft un Ruum.
Se fraagt: Noch einen Kaffee?
Ik hool ehr mien Tass hin, se schenkt in.
Danke.
Se stellt de Kann wedder op den Disch.
Un ik hööр mi miteens seggen: Ich könnte mit Ihnen leben.

Se is nich verwunnert, nich verfehrt, kickt mi kort an, kickt op de Kaffeetass vör sik, kickt wedder op un seggt liesen: Krankenhausglück in der Krankenhauswelt. Geborgen, umsorgt, versorgt. Und nur wir beide. Und draußen der ausgesperrte Alltag.

Se schenkt sik en Tass Kaffee in. Ik kiek ehr an, nück, se fraagt: Wer wird Sie abholen? Allein können Sie doch nicht reisen.
Ik vertell vun Ilse.
Vun dat. halve Hart.
Vun de twee Wahnungen.

Und wo ist sie jetzt?, fraagt se.
Tohuus.
Im ausgesperrten Alltag, smustert se.
Ja.
In den wir beide zurückmüssen.

Mutt ik dat?
Ik weet dat nich.
Woso weet ik dat nich?
Ehr Handy bimmelt.
Ehr Mann. He kann nu doch hüüt al kamen.
Se steiht op, gifft mi de Hand, maakt de Döör op.
Ik segg: Ik bliev noch en Momang.
Se nückt, geiht dörch de Döör, blifft stahn, dreiht sik na mi um un seggt: Ich hätte es mir auch vorstellen können, das Leben mit Ihnen. Danke.
Se geiht.
Hüüt wedder mit den Peerswanz as Frisur.
Ik mach ehr …

24

Lange Nacht.
Heff ik nich vun de isern Ringen dröömt hatt?
Vun dat Märken, wat Mudder mi jümmer vertellt hett, De Froschkönig?

Heff ik nich vör en poor Nachten noch wußt hatt, ik heff dat Leven leevt, wat notwennig weer för mi?
Un heff ik nich wußt hatt, ik warr ok de Johren, de mi noch blievt, en Leven leven, wat notwennig is för mi?

Heff ik dat allens nich dröömt un wußt hatt?
Un sitt in den Pavillon, Grüü geiht, un ik laat ehr gahn.
Woso waag ik dat Leven nich mehr?

Wull ik nich nadenken hier, fragen, wat is, wat weer, wat schall, kann noch kamen?

Un sitt in den Pavillon un weet gor nix, weet bloots, ik harr ehr geern bi mi hatt.

Un bün ik dat nich ween, de seggt hett: Nix mutt ween, as dat is, kann ok allens ganz anners ween?
Un is nix anners. Is allens, as dat is. Un is dat nu dat, wat ik vun mi to weten krieg an düssen Namiddag in den lütten Pavillon: Ik waag dat Leven nich mehr.

De Döör geiht op.
De junge Dokter kickt in.
Ik kann em nu nich bruken.
Ik maak de Ogen to.
He treckt de Döör wedder achter sik to.
Buten verleert sik sien Schreed.

Ik will nich slapen.
Will nix mehr drömen.

25

Post.
Grüü schrifft.
›Ich habe Ihnen mit meinen Geständnissen wohl doch etwas zu viel zugemutet.
Entschuldigen Sie. Grüü.‹

Mehr nich. Keen Adress, keen Telefon-, keen Handynummer. Un wat schall ik mit de twee Sätzen anfangen?
Ik heff in de Klinik na ehr Tohuus fraagt. Dörvt se mi nich seggen, Datenschutz.
Ik roop Pinto an, heff em nödig, he schall kamen.

Du sühst klöterig ut, seggt Pinto, as he bi mi in de Stuuv sitt. Wat is loos?
Ik heff em den Breev wiest un vun Grüü vertellt.
Pinto schüttkoppt.
Ik harr mi dat denken kunnt, seggt he, du hier alleen in't Krankenhuus un fangst wat mit en Fruu an. Un nu? Se weg, du hier. Wat schall dorvun warrn?
Nix. Krankenhuusglück, hett se seggt.
Lauritz, denn freu di to dat Glück, wat du hatt hest.
Ik will mehr.
Mit en Fruu, de an ehr Ehe un ehren Mann fasthöllt, liekers de Leev weg is bi ehr? De Fruu hett sik inricht, Lauritz, un mutt dorbi nich unglücklich ween. Röhr dor nich an. Kümmer di um Ilse, se höört nix vun di,

maakt sik womööglich Sorgen, un du quälst di hier um en anner Fruu.
Um en anner Leven, Pinto.
Dat weet ik. Aver wat schall dat för en Leven ween? Du büst hier nich tohuus, se nich bi di in Düütschland, een vun jüm is jümmer Besöök. Dat döggt nix. Ik heff leider Gotts nich recht Tiet to'n Snacken, dat Café is vull vun Lüüd, ik fohr aver de neegsten Daag över de Inseln, inkopen för't Geschäft, wullt du mit? Denn hebbt wi Tiet.
Ik kaam mit.
Fraag dien Dokter, wat he dorto seggt.
Ik kaam mit.
Fraag em un roop mi an. Un vergeet Ilse nich.
Seggt dat un geiht.
Ik weet nich, wat ik glöven un doon schall.

26

Alleen in unsen Pavillon.
Grüü fehlt mi. Un kenn ehr doch gor nich. Wat weet ik vun ehr? Aver wat weet en al vun

den annern, wenn en Geschicht anfangt. Un will mi dat hier in den Pavillon nich in den Kopp, dat de Anfang al dat Enn ween schall.

Mien jungen Dokter kummt op mi to.
Wat will he, dat he mi in' Goorn socht?
Schöner Platz, seggt he.
Dat is he, segg ik.
Ihr Lieblingsplatz. Ich habe Sie hier oft sitzen sehen.
He will doch wat, denk ik.
Nehmen Sie sich bitte für morgen nichts vor, wir brauchen Ihr Zimmer und glauben, dass wir Sie entlassen können. Das würden wir gerne abklären. Ich werde Sie abholen. Wie kommen Sie zurück nach Deutschland?
Ik bliev hier.
Und wer betreut Sie?
Dat maak ik sülm.
Sie in Ihrer Hütte allein auf Franzens felsigem Grundstück?
He kickt mi an un seggt miteens op Platt: Kummt nich in de Tüüt!
Dunnerwedder, roop ik, Se snacken Platt?
He grient: Ik kaam ut Itzehoe.

Un woso nich al de vergangen Weken op Platt mit mi?
Ich bitte Sie, das ist mein Respekt vor Ihnen.
Den könen Se ok op Platt hebben.
Ich kann es auch nicht so gut sprechen. Verstehen ja, aber sprechen, es geniert mich.
Aver ›kummt nich in de Tüüt!‹ dat geiht?
Das kommt von meinem Opa. Immer wenn es Frühling wurde, habe ich gefragt: Darf ich schon barfuß laufen? Un denn hett Opa seggt: Kummt nich in de Tüüt! Du sackst di wat op. Oder so ähnlich.
Genauso!, lach ik. Un wat sack ik mi op, wenn ik alleen in mien Hütt sitt?
Hinfallen, seggt he, das Bein noch einmal brechen, oder das andere, die Halswirbel beschädigen, Rippenbrüche, möglicherweise Genickbruch.
Dat langt, Dokter! Kummt nich in de Tüüt!
Also denn: Na Huus! Ik kümmer mi.
Sollen wir Begleitung für Sie organisieren?
Velen Dank, aver de heff ik. Un Se? Blieven Se för jümmer hier baven, oder geiht dat ok maal wedder na Huus, na Itzehoe?
He kickt mi an mit Ogen, as worr he fragen:

Weet wi beiden dat nich? Gifft dat Bargen in Itzehoe? Fjorde? De Sünn um Middernacht? Dat Polarlicht?
Ik bliev hier, seggt he.
Un de Nachtswester. Wo süht dat mit de ut?
Geneigter, smustert he.
Na also! Wat wüllt wi denn in Itzehoe? Wat schall ik in Düütschland!
Wie bitte?
Nix, Dokter, ik tööv op dat Geneigte. Aver dat is en anner Geschicht.
He nückt mi fründlich to un geiht.

27

Ik schall na Huus.
Ilse anropen.
Se is nich jüst vergnöögt över dat, wat ik ehr vertellt heff, aver se sett sik in den Fleger un kummt.
Nix vun Grüü.
Mit Ilse nich över Grüü.
Noch nich.

Thore Franzen anropen. Ilse kann in Franzen ehr Huus slapen.

Telefon, Ilse, ik schall mien Handy inschalten, dat se mi jedertiet faatkriegen kann.
Ik söök dat Ding. Batterie all. Opladen.

SMS, Ilse: Komme übermorgen. Rufe dich an, wenn gelandet.
Dat löppt miteens gau op dat Enn to hier.

Pinto anropen: Dat warrt nix mit uns Reis över de Inseln. Ilse kummt.
Oh Zeichen und Wunder!, lacht Pinto. Dat du noch maal vernünftig warrst! Wenn se dor is, roop an, wi wüllt ehr kennenlehrn. Ik hool jüm af.
Maak ik.
Noch wat, Lauritz, maak du mit ehr de Tour över de Inseln, dat se maal to sehn kriggt, wat dien Hart hüppen maakt. Jüm köönt dat Auto vun Marie hebben.
Dank di, Pinto.
Opleggen.
Töven.
Op Grüü.

28

Sommerdag. Pavillon. De Döör wiet op. Ik bün indruselt. Höör mien Naam. Herr Thomsen?
Ik maak de Ogen op, en Swester steiht vör mi.
Sie haben Besuch.
Ik? Wo?
Hier, seggt Ilse un kummt achter de Swester vör.
Büst du al dor?, fraag ik verwunnert.
Hest du vergeten, Klock twee.
Deit mi leed, ik bün indruselt.
Soll ich Ihnen auch einen Kaffee bringen?, fraagt de Swester Ilse.
Ich komme mit Ihnen, seggt Ilse un geiht mit de Swester na de Cafeteria.

Ik heff di en Stück Torte mitbrocht un en dubbelten Espresso, dat du waak warrst, seggt se un stellt dat Tablett op den Disch.
Blifft stahn, kickt op mien Gipsbeen, kickt mi an, sett sik to mi, leggt de Arms um mi un weent miteens.
Woso hest du mi nich anropen, liggst in't

Krankenhuus un vertellst mi nix, woso? Wat heff ik di doon? Wat büst du doch för en egen Mann.
Worrst du en annern lieden mögen?, kiek ik ehr an.
En beten wat eenfacher kunn dat geern ween mit di, snuckert se.
Ik drück ehr, legg mien Kopp an ehren Kopp un segg: Ik warr mi Möög geven.

Hest du dien Saken al packt?, fraagt Ilse. Kann ik di noch wat hölpen? Wi fleegt je doch morgen Middag al.
För'n Momang blifft mi de Luft weg. Morgen Middag? Un se hett noch nix vun de Inseln sehn! Un wat is mit Pinto un Marie? Un hett Pinto nich seggt, ik schall mit ehr över de Inseln fohren?

Ilse, segg ik, so gau kaamt wi hier nich weg. Pinto un Marie wüllt di kennenlehrn. Un ik worr di so geern mien Inseln wiesen un will mit di de Middernachtssünn sehn. Noch steiht se övern Horizont. Wo du nu hier büst kunnen wi dat doch geneten, wi beiden. Bitherto heff ik di dor bloots jümmer

vun vertellt, aver is dat nix gegen dat Sehn.
Se kickt mi lang an un seggt liesen: Du wullt nich na Huus. Un wenn wi noch acht Daag blievt, du wullt ok denn nich na Huus. Lauritz, wat höllt di?
Ik weet nich, wat ik seggen schall, kiek ehr an, tucks mit de Schullern, un se seggt:
Du mußt morgen fröh dien Stuuv rümen. Wohin denn mit di? Is dat regelt?
In mien Hütt.
Wo slaap ik? In dien Hütt gifft man een Bett.
Du kannst bi Franzens in't Huus slapen, se sünd beid op ehren Campingplatz.
Un du kummst alleen torecht in de Hütt?
Nehm ik an.
Denn laat uns nu op dien Krankenstuuv gahn.

29

De Saken sünd packt. Dat geiht fix mit Ilse. Wi töövt op Thore Franzen, he schall Ilse un mien Saken na de Hütt bringen. Ik mutt hier je noch een Nacht blieven.

Kickst du vunavend noch maal in?, fraag ik Ilse.
Weet ik noch nich, seggt se, ik mutt nadenken. Du wullt mit mi över de Inseln fohren, Pinto töövt op uns, ik mutt den Fleger umbuchen: Un wat is mit dien Auto? Wo steiht dat? Hest du di dor um kümmert?
Heff ik vergeten.
Du wullt seggen, dien Auto steiht jichenswo in en Warksteed, un nüms weet, wat dormit warrt?
So ungefähr.
Also mööt wi ok dat noch regeln, denn warrt dat sowieso nix mit morgen torüchflegen. Mein Gott, Lauritz, wat hest du de Daag hier maakt, för so wat weer doch Tiet ween! Geev mi de Adress vun de Warksteed!
Ik mutt ehr eerst söken.
Denn söök nu.
Dat mutt se ween, segg ik, un fummel en Stück Papier ut mien Breevtasch.
Is dat wiet vun hier?
Thore weet, wo dat is. Ilse, wat is, fohrt wi beiden över de Inseln?
Se schüttkoppt un seggt: Ja.

Thore kummt.
Wi freut uns op Se, seggt he to Ilse, mien Fruu hett Kaffee opsett. Sünd dat de Saken?
Ik nück.
He nimmt mien Kuffers un geiht mit Ilse.

30

Lange Nacht.
Wat hett de Franzoos André Gide seggt, as he oolt un mööd worr: Ich bin wie ein Reifen, aus dem die Luft entweicht.
Föhl ik mi so?
Geiht mi de Luft ut?
Warr ik mööd un matt?
Ik föhl mi nich so.
Ilse? Se hett mi röhrt.
Un hett se nich recht?
Se is egen.
Bün ik dat nich ok?
Se sitt nu alleen in mien Hütt bi Franzen, will denken, bedenken, föhlt, ik will nich snacken, un töövt, dat ik dat do.
Um Grüü.

Mutt se dat weten?
Nu?
Hier? In de lütt Tiet, de ik mit Ilse heff?
Hier nich!
Vertell ik vun Grüü, lohnt dat Fohren över de Inseln nich mehr. Wenn wi fohrt, schall dat uns Fohrt warrn, Ilse ehr un mien.

Dat kloppt.
De junge Dokter.
Unsere letzte Nacht, seggt he.
Setten se sik, segg ik, oder hebben Se keen Tiet?
Alles ruhig auf der Station, antert he, wie geht es Ihnen? Ich habe gehört, Ihre Reisebegleitung ist gekommen.
Ja. Allens in de Reeg.
Ich habe Ihnen zu danken.
Woför?
Ich weiß nich, wie ich es sagen soll.
Seggen Se dat, as Se dat denken doot.
Es ist manchmal schwer zu sagen, was man denkt.
Dat is dat.
Haben Sie jemals Ihren Arzt nach Ihrer Lebenserwartung gefragt?

Heff ik.
Und was hat er Ihnen geantwortet?
Dree Johr.
Und wann war das?
Vör fief Johr.
He warrt argerlich un denn seggt he: Es ist ethisch nich vertretbar, von drei Jahren zu sprechen …
Stop, Dokter! Dree Johr, wenn wi nix maakt, hett he seggt. Wi maakt aver je wat. As ik em denn noch seggt heff, in mien Familie sünd de Mannslüüd all um de 83 oolt worrn, dat worr ik ok geern schaffen, do hett he meent, ik schall nich översehn, hüüt leevt en länger, dat schull ik denn man ok doon. Mit sien Hölp. En leevt länger, aver en mutt dor je ok wat mit anfangen könen. Ik bün neeschierig, wat op mi tokummt.
Ich habe Sie das schon einmal gefragt, wo nehmen Sie Ihren Humor her?
Ik weet dat nich. Aus dem Wissen um Vergeblichkeit, nehm ik an.
Sie denken an Ihre Erkrankung?
Nee, ik denk an den olen Paster Mohr. Wenn de in sien Predigt op de Tieden to snacken keem, denn kunn he sik in de Raasch predi-

gen. Wat is dat doch för en Welt, schimp he denn, de en fritt sik krank, de anner hett nix to bieten. Wi sitt hier kommodig achtern Aven, en poor Stunnen wieder langs loopt se vör Bomben un Gewehren weg! Wat sünd wi doch för Minschen!
Denn aver, wenn he sik utschimpt harr, fool he de Hannen un süüfz liesen: Gott hett den Minschen toletzt maakt, un de is ok dorna. Keek na baven, as wull he sik bi Gott entschülligen un sä: Amen.

Ik sülm kann mit Gott nix anfangen, aver de ool Mohr, de gefallt mi, maakt Dag för Dag sien Arbeid, dat he minschlicher warrt, de Minsch, un weet doch, wo resistent de ween kann. Dor bruukt en Moot to, Dokter, un Humor, dat en op so'n drögen Born ackert un op en gode Oorn höpen deit.
Wenn ich meine Eltern in Itzehoe besuche, dürfte ich dann wohl einen Abstecher zu Ihnen machen?
Ik lang em mien Visitenkort hin: Ik tööv op Besöök ut Norwegen.
Danke.
Denn gung he.

31

Dat eerstmal wedder in mien Hütt.
Ik kiek ut' Finster över de See, wiet achtern de Bargen, blau in alle Farven blau. Ik bün tohuus.

Ilse kümmert sik um dat Auto. Franzens hebbt uns en Buddel Wien op den Disch stellt: Willkommen: Thore hett en Rullstohl opdreven. Ik rull na'n Heerd, maak mi en Tass Kaffee, rull na't Finster, drink den Kaffee un kiek över de See.

Hüüt namiddag hoolt Pinto uns af. Marie gifft uns ehr Auto, dat wi morgen över de Inseln fohren köönt. Ik freu mi.

Grüü.
Un wenn ik ehr miteens seh?
Se löppt op de anner Siet vun de Straat, sitt uns vis-à-vis in't Cafe, stiggt op den Parkplatz ut ehr Auto un steiht blangen uns Auto?
Wat denn?
Ilse anstöten un seggen: Dat is Grüü?

Grüü ropen un Ilse vörstellen?
Un wi drinkt en Kaffee tosamen, un Ilse weet nu, ik will wegen Grüü nich weg.
Un Grüü kickt Ilse an un denkt, dat is also de Fruu mit dat halve Hart.

Un nu kummt Ilse in de Hütt, hett to Middag inkofft.
Wi sitt to Middag.
Ilse seggt: Ik mark di wat an. Du wullt nich weg. Woso?
Un ik vertell vun Grüü.
Un vun Ilse ehr halv Hart, un dat ik so geern en ganz Hart hebben will.
Un wo wahnt de Fruu?, fraagt Ilse.
Ik weet dat nich.
Ilse steiht op, geiht ut de Hütt, kummt torüch, leggt ehren Laptop op den Disch un seggt: Denn googel ehr Adress. So veel Lüüd wahnt op de Inseln nich. Un geiht.
Kummt na en halv Stunn un fraagt: Wo wahnt se?
Ik heff nich googelt.
Noch nich, seggt Ilse un rüümt den Disch af.

32

Vergnöögt bi Pinto un Marie. Se möögt Ilse, un Ilse mach ehr.
Een Stunn lang vergnöögt, denn vertellt Pinto vun mien eerst Fruu un de Rode, un dat he an't Telefon to mien Fruu seggt hett: Da haben Sie Glück, er sitzt mit seiner Frau im Restaurant.
Un Pinto will sik weglachen.
Ilse seggt, se kann dor leider nich över lachen, womööglich is dat Grüü ween, de anropen hett, oder is Grüü de Rode ween? Bi Lauritz weet en nich, wokeen un wat en för em is. Lauritz is en Twiefelmödigen, seggt Ilse, un se will nu ok na Huus, Pinto schall en Taxi för ehr ropen, se hett drunken un kann nich fohren. Un morgen will se denn ok na Düütschland torüchflegen, seggt Ilse, aver ahn Lauritz un Grüü. Ach ja, Lauritz schall sik en egen Taxi ropen, se will noch an de Westküst fohren un de Middernachtssünn sehn, denn se kann je doch unmööglich mit Lauritz över de Inseln fohren, wenn he jümmerto denkt, dor op de anner Stratensiet dat is Grüü un is dat denn doch nich, un he warrt trurig. Dat geiht nich.

Un Ilse fangt sachen dat Wenen an, Marie nimmt ehr in de Arms un sett sik mit ehr in de Eck vun't Café. Un ik segg to Pinto: Du harrst di ok en anner Geschickt utsöken kunnt!
Un Pinto hett gnurrt; Kann ik weten, dat se nix vun di weet. Denn kannst du ok nich mehr as en halv Hart verlangen, wenn se nix vun di to weten kriggt.

Un nu kummt dat Taxi, un Ilse fohrt.
Pinto röppt en tweet Taxi, un ik fohr.
De Fohrer hölpt mi bit an mien Döör, un ik sitt, kiek ut dat Finster, un is mi de Blick eendoon. Is dat Water nix as dat Water, de Bargen sünd nix as de Bargen, un dat Fährschipp, wat dor merrn in de Nacht op de Kai toglitt is nix as en Fährschipp.

Un steiht miteens Ilse in de Hütt un seggt: Morgen fröh fohrt wi över de Inseln. Eerstan slaapt wi ut. Sünd wi to mööd, fohrt wi een Dag later.
Geiht, un ik weet nich, heff ik dat drööմt, oder weer se hier un weer dat Ilse?
Ik heff toveel drunken.

Nehm ik an.
Oder?
Ik bün mööd.
Ik will keen lange Nacht mehr.
Ik will slapen.

33

Wi sünd wedder tohuus. Siet söß Weken. Ilse hett de eersten veerteihn Daag bi mi wahnt, hett mi bi't An- un Uttrecken holpen, hett inkofft un för't Eten sorgt. Wenn keen Hölp nödig weer, hett se sik in ehr egen Wahnung torüchtrocken.

Wi hebbt nich veel snackt mitenanner. Twee-, dreemaal över den letzten Dag op de Lofoten, vun uns Fohrt över de Inseln.
Se hebbt ehr gefullen, seggt Ilse. Sünnerlich de Middernachtssünn.
Dat eerstmaal, dat ik för'n Ogenslag sowat as Kinnerogen bi Ilse sehn heff, as de Sünn övern Horizont stunn.
Ilse keek, as weer se wiet weg un sä liesen:

Nu stiggt se al wedder, de Sünn, un is dat Rosenlicht dor achtern den olen Dag sien Verblöhen un den niegen Dag sien Opblöhen. Denn hett se süüfzt un seggt: Lauritz, wi mööt to Bett, in teihn Stunnen geiht unsen Fleger.

Keen Woort över Grüü. Vun Ilse nich, nich vun mi.

Un ok Grüü swiggt. Siet fief Weken kenn ik ehr Adress, ehr Telefonnummer.
Vör dree Weken heff ik ehr schreven. Ik heff ehr fraagt: Warum haben wir im Konjunktiv gesprochen? Ich, als ich Ihnen an unserem letzten Nachmittag im Pavillon gestand: Ich könnte mit Ihnen leben. Und Sie, als Sie mir gestanden: Ich hätte es mir auch vorstellen können, das Leben mit Ihnen.

Warum nicht: Laß uns miteinander leben? Fürchteten wir, unser kleines Krankenhausglück würde, entlassen in den Alltag, unser Leben vom Kopf auf die Füße stellen? Wo wir doch bis dahin meinten, auf den Füßen zu stehen. Zumindest leidlich.

Ich schreibe Ihnen, und es plagt mich der alte Rat: Was du auch beginnst, beginne es klug und bedenke das Ende.
Ist es klug, Ihnen zu schreiben? Wird es klug sein, mir zu antworten? Und welch Ende sollen wir bedenken?
Uns fügen in unseren Alltag? Wir kennen einander kaum, sind krank, ich soviel älter als Sie. Das ist die Art Erzählung, die Pinto liebt: Zufriedenheit statt Glück.

Zu welch anderem Ende also können wir, uns auf den Weg machen?
Zu einem neuen, unerprobten Leben, getragen nicht von ›könnte‹ und ›hätte‹, sondern von der Zuversicht: Ich kann mir ein Leben mit uns vorstellen und will es erkunden!

Meinem Schreibtisch gegenüber hängt Ole Mumms Porträt von mir. Immer wieder schaue ich es an, während ich Ihnen schreibe. Sehe mir sozusagen in die Augen und sehe in ihnen, was Ole meinen Dämon nennt, den Zweifel. Meinen Zweifel. Sollte der auch der

Ihrige sein? Ich weiß es nicht. Es wären aber wohl ehrliche Zweifel.

Auch wenn Sie nicht antworten, ich werde Sie nicht vergessen. Ich habe das für mich notwendige Leben gelebt und hoffe, dies auch einmal für das noch zu lebende Leben sagen zu können. Sie werden dazugehören, ob Sie antworten oder nicht.

Erlauben Sie mir, Sie zu umarmen.
Ihr L. Th.

34

Dat Johr geiht toenn. Grüü hett dat vergangen Johr nich schreven un ok düt Johr nich.
Ik tööv nich mehr. Un ik bün mi nich seker, wat ik noch en Breev vun ehr hebben will.
Ik nehm an, ik will em nich mehr. Tempus edax rerum.
Die Zeit zernagt alle Dinge.

35

Mien Geburdsdag. Wedder een Johr öller. Kollegen, Frünnen kaamt.
Ilse hett dat Bild vun Ole Mumm frisch rahmen laten. Mit Glas. Nu spegelt sik de Stuuv in mien Gesicht, un de Twiefel in de Ogen is knapp mehr to kennen. Ilse meent, ik seh fründlicher ut ünner Glas. Un Fründlichkeit hett Ilse verdeent. Also blifft de Dämon ünner Glas. Un ik? Bliev bi Ilse. Liekers doch nix ween mutt, as dat is, un allens ok ganz anners ween kann, un Ilse drippt ehren Herrn Grüü, un beid waagt se mehr, as Grüü un ik waagt hebbt, un fangt en anner Leven an. Un is dat denn ok nix as dat Leven, solang as dat Leven noch in dat Leven stickt.

Dat bimmelt an de Huusdöör, ik segg to Ilse: Bliev du sitten, ik kiek na, an un för sik sünd wi doch all dor.
Un gah na de Huusdöör, maak ehr op, un Marie un Pinto singt: Happy birthday to you!
75 Johr!, röppt Pinto, ik heff to Marie seggt, Lauritz hett en runnen Geburdsdag, he warrt

75; du wullt sowieso dien Familie in Flensborg besöken, wi kiekt bi em in!
Pinto, heff ik staunt, ik glööv, ik drööm. Jüm vör mien Döör! Aver, Pinto, een Johr to laat, ik bün 76 worrn hüüt.
Pinto lacht: Denn is dat je aver doch tominnst de richtige Dag.
Dat is he, segg ik.
Süh, Lauritz, seggt Pinto, en kann ok rechttiedig to laat kamen. Uns Geschenk, seggt he, un langt mi en Buddel hin.
Nix to drinken, Lauritz, de Buddel is vull vun lütte Lofotenmuscheln, as du ehr vun't Lopen langs dat Water kennst. Hebbt Marie un ik för di sammelt.

36

Ik heff lang över Pinto sien Snack nadacht: En kann ok rechtiedig to laat kamen. Un heff an Grüü dacht, an Ilse un denk hüüt, wi sünd denn wull doch all rechttiedig to laat kamen.